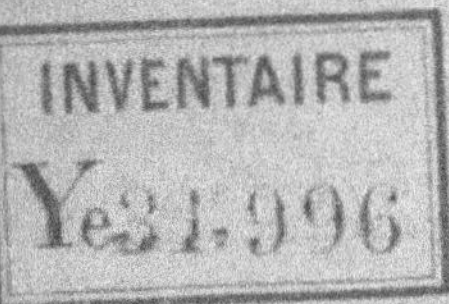

LE

REPAS DE SATAN

POÉSIES DIVERSES.

Être soi.

ANGOULÊME
CHEZ TOUS LES LIBRAIRES.

Mai — 1858.

THÉATRE ET POÉSIES

D'ABEL JANNET

IVme LIVRAISON.

LE

REPAS DE SATAN

POÉSIES DIVERSES.

Être soi.

ANGOULÊME
CHEZ TOUS LES LIBRAIRES.

Mai — 1858.

LE REPAS DE SATAN.

Déshabillez l'idée.

I

Dieu qui sert ici-bas la tasse de la vie,
Y délaie à foison un amer répugnant;
Quoiqu'il ait peu de sucre, à boire il nous convie;
Buvons, c'est un devoir, liqueur et sédiment.
A chaque station de notre triste route,
Reprenons notre tasse, et comptons chaque goutte.

Jeunes voluptueux, déjà pris de dégoût,
Qui, pour ne pas sentir, videz tout d'un seul coup;
Puissiez-vous savourer tout l'amer du voyage,
Après avoir compris le sens de cette page.

Deux amis de vingt ans, Emile et Lucien,
Longeaient un boulevard, rêvant à leur lien;
C'était l'heure où l'oiseau, sans ailes, de la rue
Cherche une proie, et prend la première venue,

Heure triste, où le Vice et le Malheur s'en vont
Attendre la jeunesse et lui salir le front.
Ce soir-là tout l'essaim de ces malheureux anges
Embourbés jusqu'au cou dans nos plus noires fanges,
Posait sur le bitume; un appel, à mots bas,
Sortait les deux amis de leur rêve à tous pas;
Mais eux continuaient à marcher insensibles :
Car leur chaste pensée, aux ailes invisibles,
Les portait au foyer, où l'œil jamais ne ment,
Près d'une mère, nord que Dieu fit tout d'aimant;
Ils allaient. Arrivés au dernier réverbère,
Ils s'arrêtent... quoi donc là d'extraordinaire ?
Ils se troublent... ce sont deux femmes cette fois
A mettre la vertu la plus ferme aux abois;
Frappant contraste à voir : l'une regard sévère,
Et l'autre languissant, mais divin. La première
A des yeux grands et noirs, dont le miroitement
Appelle le désir, tout en le reflétant;
La Passion ardente a, de deux coups de plume,
Mis autour deux accents, qui disent un volume,
Le premier de la vie, où tout le roman est
Moins le froid dénouement du second qu'on connaît.
Saillante, la pommette est assez bien fournie,
Chaque trait délicat se trouve en harmonie;
Un incarnat se mêle à la neige du front
Au moindre mouvement que les sentiments font;
L'accolade qui naît des lèvres se termine
En fente où le sourire expire, la narine
Dans cet ovale pur tendrement animé
S'ouvre, comme ayant soif d'un autre souffle aimé.
De l'océan soyeux il tombe une onde noire
Qui baigne avec amour les épaules d'ivoire,
Doux sol, où pour rester quelque temps endormi
Vous ou moi nous ferions vite puce ou fourmi.

Le grand sculpteur de l'homme a choisi la matière
Dans le plus bel endroit de sa pure carrière,
Et s'est plu longuement à faire ce travail
Qui vaut tout Phidias dans son moindre détail.
Ni trop gros ni trop long, le cou, vivant albâtre,
N'a pas de tache ; un sang, petit ruisseau bleuâtre,
Serpente sous la fraîche et transparente peau,
Pour laquelle Narcisse aurait quitté son eau.
La naissance des seins, sous un busc immodeste,
S'accentue à tel point qu'on devine le reste ;
Précieux modelé d'un fini sans égal,
Le tout vous semble moins terrestre qu'idéal.
La seconde beauté, noble et mâle figure,
Paraît avoir posé jadis pour Albert Dure :
Cette vierge est drapée au point que l'on ne peut
Rien saisir de la forme, où la vigueur se meut ;
Le sein ferme a pour tombe une grossière mante
Où la passion dort, calme, pure et vivante.
Une agrafe est fixée au creux de son beau cou,
Epiderme de neige et frais et tendre et mou.
La taille est peu serrée, et cependant la hanche
Qui ne mentit jamais à l'œil, s'accuse franche ;
Et c'est dans son ensemble un sévère germain,
Un mélange imposant de céleste et d'humain.

Viens, dit à Lucien la beauté languissante,
Partager mon Eden ? — Ange ou femme charmante,
Où me conduiras-tu ? — N'importe, enfant, suis-moi ?
Je t'aime, et te le dis et suis entière à toi.
— Je ne puis : j'ai ma mère, et je me rends près d'elle ;
Son baiser, qui m'attend, me suffit. Mais la belle :
— Insensé ! Crois-tu donc qu'un cœur comme le tien,
Jeune et large et profond, puisse être jamais plein ?
Crois-tu que cet amour calme à ta flamme ardente,

Fournisse un aliment dont elle se contente ?
Non, ton printemps n'a pas assez de ce soleil ;
Tu dormais dans un rêve, et je suis ton réveil.
Nous avons tous les deux vingt ans : âge des fièvres;
Au vase de mon cœur viens appliquer tes lèvres?
J'apporte au tien l'amour qui seul peut jusqu'au bord
Le remplir, et que rien ne tarit que la mort.
Une amante ici-bas, c'est toute une famille,
Tous les amours dans un. — Trompeuse jeune fille,
Laisse-moi : je pourrais oublier qui m'attend.
— M'aimer ! mais va, jamais autant que moi. — Va-t'en ?
Et Lucien, déjà sous le pouvoir d'un charme,
Repoussa de la main la sirène; une larme,
Qui tomba sur ses doigts, fit alors plus d'effet
Que la beauté trompeuse et frêle en attendait.
Les larmes sont un miel auquel goûte toute âme,
Personne ne le sait aussi bien qu'une femme ;
L'enfant vaincu sourit et lui tendit le bras.
A côté son ami, qu'il ne regardait pas,
Comme lui s'enivrait au langage de celle
Que Salvi, s'il vivait, choisirait pour modèle.

Viens, disait-elle, ami, viens que nous franchissions
Le sentier du devoir, bordé des passions.
Ne nous arrêtons pas, voyageurs, sous leur ombre,
Car sa douce fraîcheur a des poisons sans nombre :
Sous ces arbres trompeurs le jeune homme s'endort,
Et se réveille vieux, la vie est tôt la mort.
Si le trajet est long et la montée ardue,
Si l'on a faim, soif, chaud ou froid, pauvre chair nue,
La Fatigue au sommet trouve, membres souillés,
Le pur Contentement qui lui lave les piés.
Viens, je veux te conduire en cette tâche austère;
Appuyons-nous tous deux sur l'amour de ta mère,

Nous aurons son baiser pour rafraîchir nos sens
Altérés dans la marche à des rayons ardents.
A nous sécher le front sa main est toujours prête ;
Qu'importe que d'un teint hâlé le cœur se vête,
Que l'enveloppe perde aux rayons de l'été,
Aux frimas de l'hiver un peu de sa beauté,
Si ce qu'elle renferme y gagne, et si la coque
Donne au fruit le parfum qu'elle perd ?

Ce colloque
Aurait encor duré, si les enfants séduits
Ne se fussent tous deux dit de l'œil : *je la suis*.
L'amitié par l'amour fut ainsi divisée,
Et chaque couple prit une rue opposée.

II

La *diva*, Lucien appuyé sur le bras,
Dans de sombres détours s'avançait à grands pas,
Comme l'aigle tenant un agneau dans sa serre
Son œil semblait avoir hâte de voir son aire ;
Bientôt elle s'arrête au seuil d'une maison,
Noire et basse, datant au moins de Clodion.
C'est ici, lui dit-elle, en frappant à la porte;
L'amant se tut, son âme était un peu moins forte.
— As-tu peur avec moi ? — Non. Mais l'enfant tremblait.
Un cavalier masqué vint ouvrir, il avait
Sept pieds, bien mesurés ; le vent fait à la feuille
Moins d'effet que n'en fit cet homme. — Je t'accueille
Aimable convié, dit alors le géant,
Voyant que le frisson maîtrisait l'arrivant,

Sois notre bien-venu ! Lucien encor pâle
Suivit le cavalier dans une immense salle,
Où le gaz ne rendait qu'un demi-jour blafard,
Malgré ses trois cents becs, arrangés avec art.
Là déjà se trouvait un autre masque à table
Devant des flacons pleins d'un vin du meilleur sable ;
On s'assit. — Lucien rêvait, ce que voyant
La *diva* lui dit bas, tout en le coudoyant :
Ces masques sont amis ; chez moi chaque soirée,
Ils viennent s'enivrer d'une amour ignorée ;
Le monde connaît bien leurs titres et leur rang ;
Mais ces deux cœurs épris, nés d'un illustre sang,
De leur hymen secret à tous font un mystère.
— Ils s'aiment c'est assez, leurs noms ? — Je dois me taire.
— Pourquoi mettre un nuage au ciel de leurs amours ?
— Ils s'aiment, voilà tout, et se masquent toujours.
Ne cherche pas, enfant, à crever le nuage,
Et partage l'azur riant de mon visage.
Vois, comme je suis gaie ! il me semble à te voir
Que Dieu m'ouvre l'Éden et vient nous recevoir.
La terre est un enfer qu'en cette heure j'oublie,
Un instant, avec toi, c'est une longue vie,
Car le rayon du ciel m'est bien moins précieux
Que le simple regard tombé de tes beaux yeux.
Le bonheur au lieu d'une aura ce soir deux flammes,
Puisant leur aliment aux charbons de quatre âmes,
Mais cela ne fait rien au feu qui doit brûler :
Le Danube et le Nil coulent sans se mêler,
Et sans être jaloux, ceux que l'amour entraîne
Ne croient être que deux dans la nature pleine.

Et prenant un flacon, la sirène en versa
Un verre à Lucien ému, qui l'embrassa,
Et but.

Le vin monta dans sa cervelle trouble ,
La vitre de son œil brilla d'ivresse double.
Aux lèvres de sa dive il offrit à son tour
La coupe, aux deux poisons, du vin et de l'amour.
Celle-ci, qui venait de gagner en prestige ,
Accepta pour monter au niveau du vestige ;
Et les amants dix fois versèrent le poison ,
Trouvant qu'il était doux de perdre la raison.
Oh ! qu'elle était touchante, avec son œil de flamme ,
Aux yeux de Lucien, la séduisante femme !
Mais s'il avait pu voir dans ce cristal peu clair
Ce qu'il croyait le ciel, et n'était que l'enfer ,
S'il avait pu lever ce voile d'épiderme ,
Penser ce que parfois le plus beau corps renferme ,
Déshabiller ce cœur , et voir quel affreux ver
Le rongeait, éternel, sous sa robe de chair ; —
Hélas ! il crut au feu de cette salamandre :
L'or du fruit, qu'il touchait , dissimula la cendre ;
Et l'ivresse voilant ses yeux, grands de plaisir ,
Il ne put distinguer le monstre , le Désir
Habitant triste et seul cette gorge de femme ,
Chancre horriblement laid , qui lui tenait lieu d'âme ,
Tyran insatiable, ignoble de noirceurs,
Qui faisait son repas quotidien des cœurs
Pris par ce corps , filet aux séduisantes mailles ,
Et qui , gibier manquant , lui mordait les entrailles.

L'autre couple , imitant les amants , s'embrassa
Et sous le masque but le vin qu'il se versa,
Mystérieusement toujours , sans que l'on puisse
Rien saisir du visage , où ricanait le vice.
Chacun donc paraissait s'enivrer ; Lucien ,
Tête et cou prisonniers dans le plus doux lien ,
Dans les bras de sa dive , en cette heure insensée

Où la nuit descendait sur sa faible pensée,
Aperçut tout-à-coup un fantôme et du jour :
Sa mère, qu'éclairait tout un soleil d'amour.
L'ombre lui dit des yeux : viens à moi, le temps presse,
La mort est là.

L'enfant, glacé dans son ivresse,
Se réveilla soudain pour fuir. — Mon prisonnier,
Dit une douce voix, reste avec ton geolier?
Et l'amante, craignant d'échapper cette proie,
L'enlaça cette fois dans ses cheveux de soie
Qu'elle avait dénoués exprès de son chignon
Et qui, libres, pouvaient lui descendre au talon.
L'oiseau dans cette chaîne et si douce et si noire,
Fut plus fort que l'auteur de cette sombre histoire :
— Laisse-moi, je dois fuir, femme, ne vois-tu pas
Ma mère, qui m'appelle et me sourit là-bas?
Je reviendrai plus tard. — L'homme n'a que son heure,
Le reste est à la mort, mon bien-aimé, demeure?
Qu'irais-tu faire auprès d'un aussi pâle amour?
Amante, je suffis : je suis ta nuit, ton jour,
L'éclair de ta jeunesse, et le plus doux sourire
Tombé sur tes vingt ans : voile que je déchire.
Le doux fruit de ton cœur, qui germait lentement,
Mûrit à mon soleil, qui le baise ardemment.
Peut-être que sans moi, rayon qui développe,
Il serait mort, chétif, dans sa belle enveloppe
Mais l'enfant, caressé bouton par le zéphir,
A — juste loi d'en haut — voulu s'épanouir.
Il m'a dit : je suis fort assez pour qu'on me sèvre,
Et passe du lait fade au nectar de ta lèvre;
Et la flamme a trouvé le plus immense autel :
Tous les amours tombant, même le maternel,
Dans mon cœur, y tiendraient sans le remplir, le vase

Grand comme l'infini, devant toi s'extravase.
Reste : le ciel est noir, et les sentiers humains
D'épines, de cailloux et de fange sont pleins ;
Le mal sombre aurait tôt fatigué tes paupières,
Et tes pieds délicats s'écorcheraient aux pierres.
Le monde est un cloaque où l'homme est enfermé,
Et la vie est un cierge en son ombre allumé ;
Ne va pas t'exposer, jeune cire encor pure,
A son air empesté ? reste dans la nature
Avec moi ; je serai ton flambeau. Tous les deux :
Toi la lumière, et moi le métal précieux,
Nous brillerons pour Dieu, comme un seul cœur qui brûle,
Sans craindre le contact du méchant, qui calcule,
Et qui, pour faire un lit à ses grossiers instincts,
Couperait, s'il pouvait, l'aile des séraphins.
Tu ne sais pas encor dans la patrie humaine
A quel triste labeur l'âme libre s'enchaîne,
Comme la couche est dure, et rare le sommeil ;
De combien d'ombre on paie un rayon de soleil.
Reste : un noir Egoïsme est le Dieu qu'on encense ;
Le Bien passe et l'on rit, la Foi meurt et l'on danse.
On ne peut faire un pas, appuyé sur son cœur,
Sans s'embourber, ou sans rencontrer la douleur.
Le Ciel, qui fait le faible et les natures fortes,
A tous également ouvre, larges, ses portes
Sans dire à celui-ci, plutôt qu'à celui-là
Quel chemin as-tu pris pour venir jusque-là ?
Sans demander pourquoi toutes les âmes belles
Ont fait leur route à pied ou bien avec des ailes.
Reste : tu tomberais mort dans le ravin noir
En tentant, faible enfant, de suivre le devoir ;
La route est trop étroite et ton âme est trop large.
La fatigue t'attend, dépose ici ta charge
Pour goûter le repos près de moi, sans remords,

Loin de ceux qui riraient de tes nobles efforts ; —
Et, pour toujours unis, puisque jouir c'est vivre,
Vivons ! et que chacun également s'enivre.

La Sirène, en ces mots, délayait le poison,
Et l'enfant le buvait, et perdait la raison.
Comme le feu grandit, dans une marche sûre,
Du point de sa naissance à la frêle toiture,
Et gagne la maison entière en peu de temps ;
La flamme de l'amour passa du cœur aux sens.
Et Lucien, vaincu par celle qui l'embrasse,
La suivit, fasciné, dans une alcôve en face.

Permets-moi, cher lecteur, de tirer les rideaux :

Trop de cinabre peut gâter de bons tableaux.
Je sais que le lascif ajoute à la nature,
Que le nu de la chair fait vendre la peinture;
Et cependant je tiens que le plan seul est bon,
Qu'on peut certes donner de la chaleur au ton,
Mais qu'il faut toujours moins parler aux sens qu'à l'âme :
La jeunesse est d'un bois qui prend si vite flamme ! —
L'artiste est débiteur de tout ce qu'il reçut ;
Soyons chastes, soyons moraux dans notre but.
La fange d'ici-bas, qui porte la lumière,
Au lieu d'incendier doit éclairer la terre ;
Et le poète enfin est un prêtre sacré
Indigne, quand il ment à qui l'a tonsuré.
Le grand juste a pour lui tendu la sainte nappe
Dont l'hostie invisible est celle du vrai Pape,
Pour qu'il puisse à son tour offrir à la douleur
Le sang de sa pensée, et le pain de son cœur.
Son corps, qui se consume, est une longue aumône
Qu'à l'humanité pauvre, en écrivant, il donne.

Un chien le suit, la Haine, et le mord chaque jour,
Mais il lit son breviaire : office plein d'amour.
Pasteur du grand troupeau des hommes et des femmes,
Il est également le médecin des âmes,
Et passe du malade à la communion
Du repoussant ulcère à l'explication.
Sa trousse en la pensée, il sait brûler la plaie,
Et d'un vers déboursé chaque siècle le paie.

III

Nos amants dans l'alcôve étaient à peine entrés,
Que les masques tous deux, autrement enivrés,
Se lèvent de la table avec un rire à faire
Avorter, quatre mois avant terme, une mère,
Ou concevoir un monstre, en place d'un fœtus,
A celle dont l'amour rêve un petit Jésus.
Ces êtres inconnus vont avoir leurs délices :
Ils s'embrassent d'abord, comme d'heureux complices,
Puis font sauter le masque et tous les oripeaux
Robe, pourpoint, souliers, chemises et chapeaux ;
Et dans leur nudité surgissent, longs squelettes !
La vie anime en eux jusques aux phalangettes,
Et pourtant ce ne sont que des os adaptés,
Sans muscles et sans chair et sans fils préparés ;
Les côtes, le sternum, les trente-trois vertèbres,
Les dents et la mâchoire et leurs rires funèbres
Le tibia, l'illiaque, et le long humérus,
Le tarse, le fémur, le tournant radius,
Les phalanges, le crâne entier, la clavicule ;

Le péroné, les carpe, omoplate, rotule
Tout se tient, tout se meut par un secret ressort ;
Ces amants-là sont l'un, Satan, l'autre, la Mort.
Oh comme ils sont heureux ! du creux nu de l'orbite,
Croisée affreuse en haut de la maison maudite,
Il sort des flammes ! c'est l'incendie au tombeau,
L'amour sans chair, vivant dans l'horreur de son beau (1),
Qui, dégagé des vers repus, sa lourde chaîne,
Frénétique, lascif, ressuscite et se traîne,
Retenu seulement au fil pris en enfer.
Comme s'ils étaient nerfs, sang, muscles, lèvres, chair
Ces os se rapprochant, se pressent et s'enlacent
Se tordent à craquer, se démènent, s'embrassent,
S'enivrent ! —

Cet amour toute la nuit dura.

Muse, nos amitiés, à qui nous comprendra.

IV

Un jour vivace et chaud, plongeant par la croisée,
Sur la scène où l'amour se mourait épuisée,
Éclairait les acteurs dans leur rôle chacun.
Satan avait repris son déguisement brun,
Et la Mort, r'habillée en charmante pierrette,
Lui disait : Cher amant ! faisons-nous la risette,
Et buvons à présent sans masque ? nous voici
Contents ! ranimons-nous dans le Palma-Christi ?

(1) Le beau est horrible, l'horrible est beau. (SHAKSPEARE.)

Et les amants buvaient, souriaient : couple heureux !
C'était l'enivrement de l'horrible et l'affreux.

Mais, dit le plus grand masque : il est l'heure peut-être
D'éveiller nos époux. — L'homme va te paraître
Passablement changé, répond l'autre ; son fil
N'est pas un câble neuf, mais un cheveu subtil
Bien facile à casser. A ces mots, elle avance
La main vers les rideaux de l'alcôve en silence.
Une voix, en sortant, dit : *pas encor*. C'était
La dive, sur le lit, nue, et qui triomphait.
Quel tableau pour un peintre à moelleuse touche :
Genou gauche plongeant à moitié dans la couche,
Jambe droite formant angle aigu, soutenant
Un autre corps ployé sur son beau galbe blanc;
Lucien, renversé sur sa cuisse, la tête
En arrière, et le cou sur un bras qui l'arrête,
Etait là : peau jaunie et cadavre vivant.
Le Plaisir avait pris les nerfs et bu le sang,
Mangé la chair fondue, et tout ce beau jeune homme
Etait méconnaissable : — un squelette ou tout comme.
Ses yeux bleus, entr'ouverts, ne pouvaient se fermer
Pour haïr son vainqueur, ni s'ouvrir pour l'aimer ;
Ils paraissaient, muets, attendre que la vie
S'en allât tout-à-fait, sans un rayon d'envie;
Et la femme, les siens penchés sur eux, semblait
Dire : A moi tout ton sang ! ton cœur qui résistait !
A moi ton dernier souffle ! à moi ta beauté rare !
A moi ton corps, taillé par Dieu dans son Carrare !
A moi tous ces trésors ! —

L'enfant, à ce moment,
Fit, pour se relever, un léger mouvement ;
Mais ce fut inutile : il retomba ; la belle

Le souleva. — Mon cœur, que veux-tu, lui dit-elle?
— Connaitre enfin ton nom, démon ou déité?
— Mon nom? — Oui, je me meurs — Je suis la Volupté!

Ah!... Ah!... fit Lucien, voix tout-à-fait éteinte.

Est-ce remords, amour, regret, désespoir, crainte?
La dive est là, rêvant, son amant dans les bras,
Dans l'attente de dire un mot qui soit un glas;
Regardant fixement son œuvre destructrice,
Sa nouvelle victime, en vraie et grande actrice :
Pour ce reste de vie, un seul baiser suffit.
De ce vase profond que Dieu vingt ans remplit,
Et qu'elle a su tarir dans cette nuit funeste,
Boira-t-elle à présent ce qui dans le fond reste?
Cette dernière goutte, un rien, qui peut encor
Croître dans le repos et remonter au bord.
Sur ce charbon mourant son eau jettera-t-elle,
L'éteignoir viendra-t-il sur la pâle chandelle;
Prendra-t-elle d'un souffle une immortalité,
La jeunesse, un espoir, la force, la beauté?
La lueur peut encor devenir la lumière,
L'ombre céder au jour, en laissant le ciel faire.
Le démon qui tient l'ange a peur; devant la femme,
L'Enfer ouvre la gueule, et dit : pousse cette âme? —
Elle n'ose, et pourtant il le faut : tout près d'elle
La Mort attend, et veut que la chose soit telle.

Fermant des yeux divins : amour, compassion,
Elle acheva l'enfant d'une aspiration,
La dernière.

V

Soudain les masques s'avancèrent,
Saisirent Lucien par les pieds; le tirèrent
Dans la salle, et la Mort, l'ayant palpé trois fois,
Dit : c'est bien, Volupté ! de sa lugubre voix.
Satan, avec des clous à chaque phalangine,
Se mit alors en train d'ouvrir cette poitrine.
Comme un étudiant, habile disséqueur,
Se penche, il se pencha l'oreille sur le cœur,
Les doigts sur l'abdomen encor chaud, dans l'attente
D'entendre un mot sortir de la chair palpitante ;—
Rien n'en sortant, sa griffe, ongles d'acier pointus,
Plongea sous le sternum, où rien ne bougeait plus.
Chaque côte, cédant aux efforts, fut brisée ;
Ah ! dit le monstre enfin la croûte est enlevée.
Fouillons dans le pâté : dans le fond le meilleur,
J'y suis... — En ce moment il arrachait le cœur. —
Quel repas je vais faire ! et quel mets délectable !
Comme avec cette chair on se passe de table !
Comme l'appétit vient, et que je suis heureux !
C'est mon hostie à moi; tous ces vaisseaux veineux
Vont apaiser un peu mon appétit féroce.
Il faisait là-dessus une grimace atroce.
De sa mince enveloppe il eût tôt dépouillé
Ce cœur fumant; après s'en être barbouillé,
Il en fit quatre parts, comme on fait d'une orange,
Adroitement. — Tiens Mort, prends ceci, dit-il, mange ?
C'est juste la moitié.

La Mort n'en voulut pas.

Satan seul se mit donc à faire ce repas ;
Il le fit, gastronome à jeun, comme un creux ventre,
Qui chez Véfour, fourni, la première fois entre.

Vous, dont le seul guide est le bestial désir,
Qu'ont allumé les sens et qu'éteint le plaisir,
Jeunes gens, puissiez-vous des yeux de la pensée,
Saisir toute l'horreur d'une action tracée
Dans un but généreux et moral avant tout !
L'auteur se croit payé, s'il est de votre goût.
Oui, qu'une amante en dise : Ah l'horreur ! et vous baise
Sans vous faire oublier ma leçon, j'en suis aise ;
Satan dînera moins, mais vous m'aimerez mieux.
Jeune et doux, je n'ai pas pour but d'être ennuyeux.
Passion, comme vous, je puis être blâmable,
D'être, pour vous parler, tombé dans l'incroyable,
Mais puisque Tantale a mis son fils en hachis,
Satan peut bien manger des cœurs. — Je vous le dis :
Réfléchissez, avant de condamner mon livre.

Lorsqu'il eut achevé son repas, qu'il fut ivre
Du sang de Lucien, le croque-âmes saisit
Une allumette, et fit prendre la flamme au lit.
En un clin-d'œil le feu gagna toute la salle
Ce fut un incendie à la Sardanapale;
Moins l'entourage, et moins surtout le dénouement :
Personne ne périt, ni femmes, ni roi ; quand
La fumée eût voilé les affreux personnages,
Tous trois, prenant leur vol, gagnèrent les nuages.
Et la pauvre maison, qui servait de bûcher,
Disparut aux trois-quarts avec son mobilier.

VI

Le Temps, vieux chef d'orchestre au travail à toute heure,
Dont l'archet dit la tierce, ou majeure ou mineure
Suivant l'évènement et l'homme spectateur,
Et la partition de Dieu compositeur,
A marqué cinquante ans depuis cette aventure,
Et personne ne vient visiter la masure.

Triste ! Triste ! le beau pour le siècle c'est tout
Ce qui meut, ce qui vit, ce qui reste debout;
La ruine et la mort sont le laid, aucun charme
N'existe dans l'objet qui demande une larme.
Les monuments à bas, le chef-d'œuvre cassé,
Les tombeaux, tout enfin ce qui dit le passé
Ne vaut une maison neuve et droite, ô frivoles !
Nous scierions pour bâtir tous les vieux capitoles.
Nous lisons le présent, écoliers ! rien de plus.
Ces sublimes feuillets d'immortel papyrus :
Grèce, Egypte, Italie à nos regards débiles
Ne sont rien, nous marchons comme des imbéciles;
Et nous nous croyons grands, comme si nous laissions
Des Pompeï plus tard à lire aux nations.
Nous grattons les pâtés des murs faits par la pluie,
La lettre grise est laide, et notre main l'essuie.
Des temples nous ôtons toute l'encre de Dieu,
Et la mort à la vie, avec nous, apprend peu.
Triste ! Triste.

Pardon, lecteur ! Je continue :
Cette maison gît donc, tristement abattue,

Sans qu'on vienne la voir; et voici cinquante ans
Que les hommes devant passent indifférents.
Mais voilà qu'un vieillard, fort et droit pour son âge,
Emile, mon ancien et sage personnage,
S'arrête et la contemple Il a dans sa vigueur
Autant de neige au front que de soleil au cœur.
Arbre d'hiver, il a gardé la verte feuille,
L'illusion, que rien, sinon la mort, ne cueille;
C'est encor l'ombre fraîche aux séniles rameaux,
Résistant à côté de nos frêles roseaux ;
Et le souffle du temps, qui courbe un peu sa tête,
Se brise sur le tronc dont la force l'arrête.
La beauté, qu'il suivit, le soir que Lucien
Le quitta pour toujours dans son mauvais destin,
L'accompagne. Tous deux s'asseyent sur une pierre,
Que la mousse a vêtu d'une robe légère;
Chacun paraît parler à lui-même, chacun
De son propre cœur semble aspirer le parfum. —
Volupté pure et douce et vraie, assis à peine
Ils sentaient de ton souffle une poitrine pleine,
Que sous terre une voix, sur un ton sépulcral,
Leur cria : *Levez-vous, car vous me faites mal.*
Ils se lèvent, glacés d'épouvante, ils regardent....
Mais personne.... A parler alors ils se hasardent.
Fantôme, dit Emile, où te tiens-tu caché?
—Où vous étiez assis, amis, je suis couché
Sous ce linceul de pierre; et j'ai quitté mon cercle
En Enfer pour le dire, ah! levez mon couvercle.
—Attends, pauvre âme, attends ? Le vieillard vigoureux
Eut tôt levé le bloc. — Un squelette, assez vieux,
Etait là, dans la terre, encore intact. Emile
Voulut l'en retirer, ce n'était pas facile
Sans le briser; malgré tous ses prudents moyens,
Le crâne, détaché, lui resta dans les mains.

Hamlet nouveau, tenant une tête inconnue,
A la sincère amie et compagne assidue
Il demanda le nom de son vieux possesseur
Qui se coucha, sans lit fait par un fossoyeur.
C'est ton premier ami, Lucien : âme sensible,
Mais faible, répondit la compagne impassible
Qui te quitta pour suivre un soir la Volupté.
—Est-ce possible ? lui... la force, la beauté,
Mort. — A vingt ans couché, laid, dans la tombe noire!
Ah ! c'est une terrible et palpitante histoire
Que tu sauras plus tard. — Mais qui donc es-tu toi
Qui depuis cinquante ans parles d'honneur, de foi ;
Me suis partout, me dis : vertu forte, espérance,
Et me caches ton nom? — Je suis la Tempérance.
Mon baiser ne t'a point enivré, ce n'est pas
Un poison, mais il a rendu fermes tes pas.
Fuyons, si mon amour t'est cher, ce lieu funeste ?
Mais le vieillard pensif ne l'entend pas ; il reste
Debout, tenant le crâne et lui parlant :

Ami,
Qui t'es, si jeune et doux, dans la mort endormi,
Te voilà donc ? Ces os sont les tiens. Oh ! la vie :
Flamme, comme aisément au cierge elle est ravie !
Les hommes brûlent tous dans les ombres du temps,
Ils sont la goutte d'huile et joignent leurs instants ;
La mort a beau souffler, l'huile se renouvelle
Pour briller devant Dieu dans la lampe éternelle.
Pourquoi suis-je resté comme une perle d'eau
Quand tu te consumais, pure huile, rayon beau ?
Nos gouttes d'existence, à la lampe jetées
Le même jour, pourquoi se sont-elles quittées ?
Pourquoi n'avons-nous pas, dans le grand temple humain,
Eu la même minute et le même demain ?

Frère, que j'aimais tant ! c'est donc toi que je touche ?
Ces dents, os déchaussés, restent seuls de ta bouche,
Bel orgue qui rendait les sons graves du cœur
Au temple d'amitié, bâti pour mon bonheur,
Et jamais la note aigre et fausse du mensonge.
Cinquante ans vainement ont passé leur éponge
Sur l'encre avec laquelle, ami, j'avais écrit
Du dévouement complet le tendre manuscrit.
Cette orbite, croisée où rayonnait la flamme
De la maison immense et belle de ton âme,
La voilà, triste et nue : un vrai mur de prison,
Sombre comme la nuit, vide de passion ;
Habitée à présent par un guichetier triste,
Le Néant ; et tout plein de sentiments j'existe
Là. Je te parle encore, et tu ne réponds pas !
Ton corps est tout fondu, ces débris sont tes bras,
La main, qui si souvent pressa, chaude, la mienne,
La voici. Le vent froid a tué ton haleine.
O souvenir ! regret ! douleur ! les seuls amis
Que je trouve à présent pour chasser mes ennuis,
Laissez ? que je m'étende au sépulcre ; mon heure
Ne la retardez pas : puisque vieux, seul je pleure.
Je ne suis à présent qu'un désert sablonneux
Où l'herbe ne croit pas, où tout est épineux :
La lande n'est plus bonne à défricher ; mon sable
Que foulèrent les pieds d'un ami véritable,
D'un ami qui dans moi vit comme au premier jour,
Soleil de mon matin éclipsé sans retour.
O mort ! souffle dessus de ta plus forte haleine,
Et jette-le au néant, mer qui n'est jamais pleine ?
Donne cet aliment à l'Océan profond
Où tu vogues, dont toi seule connais le fond.
Oui mort, par grâce ! prends ce qui me reste à vivre
Pour qu'il puisse un instant, un seul instant me suivre,

M'embrasser ; et tous deux après nous t'aimerons
Dans le lit éternel, où nous nous coucherons.

Emile alors posa le crâne sur la pierre,
Et reprit son chemin, grave comme un mystère.

Poètes, tenons-nous au boulevard humain ?
L'homme a besoin de guide au sortir de l'enfance ;
Il trouvera toujours deux femmes en chemin :
L'une est la Volupté, l'autre la Tempérance.

CINQ TÊTES DE FEMMES.

Par les vitrines
Si je regarde chaque soir,
C'est pour étudier des mines
Que j'aime à voir.

La grande dame
Qui perdit une fois, ou vingt,
Le dernier chiffon de son âme,
Coton faux teint,

Comme la foule
Vien' admirer perles sans prix,
Etoffes, bijoux, or qui roule
Sur les rubis.

Elle s'arrête
Où j'ai bien souvent, pauvre fou,
Pour saisir une silhouette
Penché le cou.

Ce qui l'attire
N'est pas ce qui me fait rêver :
Elle, il suffit d'un cachemire
Pour la river.

Moi, je regarde
Cinq têtes de femmes de rang,
Qui me feraient monter la garde
Au Groënland.

Ces cous de cygnes
S'enchâssent si bien dans la chair!
Ces traits ont de si belles lignes
Dans tout le clair!

Portes de l'âme,
Ces yeux ont des charmes si doux,
Lorsqu'ils semblent dans chaque femme
S'ouvrir pour vous!

En sûres chaînes,
Ces nattes s'emploieraient si bien :
Longues, noires , blondes, châtaines,
Soyeux divin!

Que ma pensée,
Devant ce joli magasin,
Me clouerait, statue animée,
Jusqu'à demain.

Blonde modiste,
Rêvant devant ce noir fichu,
A quoi, pour paraître si triste,
Réfléchis-tu?

Charmante brune,
Qui tiens ce col entre tes doigts,
Est-ce des projets de fortune
Que tu conçois?

Toi, plus loin, belle
Aux cheveux noirs, aux grands yeux bleus,
Pour un soldat, amant fidèle,
Fais-tu des vœux?

Celui qui t'aime,
Front rayonnant, t'a-t-il ce soir

Embrassé, pour la joie extrême
Que tu fais voir?

Et toi, si pâle,
Toi dont les traits disent : douleur,
Espoir détruit, amour fatale,
Trépas du cœur.

Dites-moi toutes :
Marcherez-vous où nous marchons,
Ou bien quitterez-vous les routes
Des passions?

A la fortune,
Irez-vous, en vous salissant?
Non, vous écouterez chacune
Votre penchant.

De la nature
Suivez le juste règlement,
Mais ne comblez pas la mesure
Du sentiment.

Tout cœur avide,
Qui prend plus qu'il ne peut tenir,
Se renverse tôt, et le vide
Vient le remplir.

Ce n'est pas vivre
D'être belle, et de n'avoir plus
Les doux poisons où l'on s'enivre,
Trop vite bus.

On les regrette,
Mais trop tard : le vase est bouché
Et, pour l'existence complète,
Est desséché.

Et c'est si triste
De se dire un de profundis,
D'être morte, quoiqu'on existe
Comme jadis.

Le Désir tue,
Mettez un peu d'eau dans son vin,
Mais que la coupe soit rendue
Vide au destin.

Si l'Espérance
Sourit, pour vous lâcher d'un cran,
N'allez pas devant la souffrance
Baiser Satan.

Restez fidèles
Au culte du noble et du bien,
Quels que soient les ronces nouvelles
Et le chemin.

En philosophe,
J'ai voulu parler aujourd'hui ;
C'est dérouler bien de l'étoffe
Et de l'ennui.

A ceux qu'on aime,
On en dit long, et l'on dit vrai.
Pardon? Si vous m'aimez de même
J'applaudirai.

O mes cinq têtes !
Tableau vivant, plus beau, plus vrai
Que ceux des peintres, des poètes
Au feu sacré,

Je m'agenouille
Devant votre prestige humain, 2

Et suis plus heureux : car je fouille
Un cœur plus plein.

Par les vitrines
Si je regarde chaque soir,
C'est pour étudier des mines
Que j'aime à voir.

L'HOTEL-DIEU.

Vous dont le cœur étouffe, hommes, sous la matière,
Ignorant la douleur, assis près d'un bon feu,
Pour plonger un regard au fond de la misère,
Ne craignez pas d'entrer parfois à l'Hôtel-Dieu.

Ces lits sont les tombeaux d'un vivant cimetière ;
Ces têtes sur deux rangs semblent vous dire adieu,
Vous croyez sous le drap voir suinter l'ulcère;
Rien ne vous semble enfin plus triste qu'en ce lieu.

Eh bien ! il est encore une chose plus sombre ;
Ce sont les cœurs flétris, dont Dieu seul sait le nombre,
Cadavres et mourants de la société.

Ces malades trompeurs sont ceux le plus à plaindre :
Car ce n'est pas la mort seule qu'ils ont à craindre,
C'est leur mal, châtiment durant l'éternité.

MÉDITATION.

Devant ma couche
J'ai placé deux têtes de mort,
Que j'examine et que je touche,
Jeune, mais fort.

Mon âme plonge
Dans le néant, sombre et profond ;
Mais vainement, je rêve et songe ,
Il est sans fond.

A la surface
Toujours forcé de revenir,
Je regarde celui qui passe,
Je vois venir

Tous les atômes
Par Dieu soufflés en tourbillons,
Ignorant toujours, pauvres hommes,
Où nous allons.

C'est le mystère,
L'obscur que nul ne peut percer ;
Et le philosophe a beau faire ,
A beau penser ;

La toile couvre
Le grand buste Immortalité ;
La mort est le seul pli qui s'ouvre
Du bon côté.

L'œil, qui médite ,
Sous le voile apercevra bien
La forme sombre, qui s'agite;
Mais ce n'est rien.

Aussi, poète,
Je vais où je suis attiré ;
Instinct, je marche ou je m'arrête
Devant le vrai,

Et du grand juste ,
Fange, je cherche les rayons,

Sans demander comme il ajuste
Tous ses jalons.

Joyeux ou triste,
Je me contente du détail ;
Approuvant du divin artiste
Tout le travail.

Son cerveau crée
Le bien, et l'homme fait le mal :
L'insecte est la peinture vraie
Et l'idéal.

Toute œuvre humaine
N'est qu'un trait maigre ; et Raphaël
Est une plume, d'encre pleine,
Taillée au ciel. —

Par ta fenêtre,
O crâne ! je regarde Dieu,
Comme un chien, aux vitres, son maître
Près d'un bon feu.

Je lui demande
De me laisser toujours la foi,
La foi, qui permet qu'on attende,
Vivace en moi ;

Et s'il m'écoute,
Il daignera me recevoir :
Puisque je commence ma route
Sous un ciel noir.

Et toi, jeune homme,
Qui tiendras mon crâne en tes mains
Sans le connaître, plus tard comme
Ceux que je tiens,

Puisse-t-il t'être
L'objet des méditations
Qui font sortir, pour voir son être,
Des passions !

A MESDAMES

DE LA SOCIÉTÉ DE CHARITÉ MATERNELLE.

L'homme a honte à présent de répandre des pleurs,
Un hiver d'égoïsme avance dans les cœurs :
La haine est le réveil qui vient glacer nos songes ;
Il pleut des lâchetés, il neige des mensonges ;
Mais si le Mal répand sa nuit sur notre jour,
Si l'ulcère atteint l'os et gangrène les âmes,
Si le crime se montre enfin partout, ô femmes !
Vous êtes les rayons de soleil et d'amour ;
Vous êtes l'onde pure où l'Eternel se mire,
La consolation, le baume, le sourire.
Nous autres, nous passons au pied du Golgotha
Sans voir, sans nous douter que la Souffrance est là ;
Chaque Vertu qui meurt en buvant sa cigüe,
Chaque étiolement d'une âme méconnue,
Chaque croix qui se dresse aux talus des chemins
Nous trouve indifférents, nous qui sommes chrétiens !
On nous fête, et joyeux devant notre demeure,
Nous refusons la main au Repentir qui pleure.
Nos chaix et nos greniers sont pleins, et nous n'avons
Ni goutte d'eau, ni pain pour Lazare en haillons,
Nous détournons les yeux de la Douleur qui saigne
Et nous ne voulons pas que le mourant se plaigne.

Vous, femmes, vous savez où sont les stations
Des martyrs; vous séchez la sueur de leurs fronts.
Des larmes de vos cœurs vous arrosez la plaie,
Et vous donnez à boire aux croyants sur la claie;
Vous sentez tous les clous qui rentrent dans les chairs,
Toute soif, toute faim, tous les grands maux soufferts.
La Douleur, dont le sang découle goutte à goutte,
Dans l'urne de votre âme ouverte tombe toute;
Et ce vase vivant, placé sur des tombeaux,
Près de l'indifférence apporte ses sanglots.
Dieu, qu'attire souvent son odeur parfumée,
Aime à le respirer comme une fleur aimée,
Et c'est encore un baume à l'âme de celui
Qui s'en va, n'emportant qu'amertume avec lui.

Aussi moi, le rêveur, qui marche dans la fange
En regardant le ciel, où reste mon bon ange,
Mon bon ange qui m'a, pauvre et débile enfant,
Laissé tomber par terre un jour en s'envolant;
Je vous dresse un autel, femmes! dans ma pensée,
Et quand, dans la géhenne où la Faute est jetée,
Vous allez, je vous suis. Appuyé sur mon cœur,
Je descends avec vous au cachot du Malheur.
Si je suis inhabile à panser les ulcères,
A fermer la blessure et guérir les misères,
Sur le fumier de Job je viens aussi m'asseoir,
Et baise le Remords en lui criant : espoir!
Mais en disant au cœur lépreux, que l'on repousse :
T'aimer, frère, ici-bas est une chose douce,
Je ne vaux pourtant pas le bon Samaritain,
N'étant pas tous les jours également humain.

Le serpent de la haine a mordu ma pauvre âme.

C'est pour purifier ma rouille à votre flamme

Que je viens près de vous à présent; le péché
Ose s'offrir au pur rayon du dieu caché.
Ne me repoussez pas : — dans la grande famille,
Enfant perdu, cherchant un doux soleil qui brille,
Je n'ai trouvé que l'ombre, et, me heurtant au mal,
Je suis tombé souvent sur le sol inégal,
Et chaque fois mon cœur s'est meurtri; dans la route
Ma vertu s'est déteinte au frottement du doute :
Les sourires étaient moins nombreux que les pleurs ;
Que voulez-vous?... la terre est un val de douleurs.
Je ne me plaindrai plus des crins de mon cilice,
Je mêlerai mes pleurs à l'amer du calice,
Et le vase profond, encor plus répugnant,
Sera vidé; j'en veux boire le sédiment.
Ne me repoussez pas : — le lépreux dans le temple
Est venu pour guérir, je viens à son exemple;
Les dieux que vous servez sont les miens : la Douleur,
Le Bien, le Vrai, le Juste, et surtout le Malheur.
Ne me repoussez pas : — je suis de ceux dont l'âme
Mollit alors qu'elle est présentée à la flamme,
L'empreinte, qu'on y grave, est gravée à jamais;
Me voici. Signez-y vos noms en larges traits,
Ma jeunesse isolée a besoin d'un sourire,
Et ceux de femmes sont les seuls qu'elle désire.

Gomorrhe relevée insulte encore à Dieu,
Et la corruption semble appeler le feu :
De vieux adolescents, tout pâles de débauche,
Ont livré leur vigueur au Vice, qui les fauche,
Pour réveiller des sens que l'on supposait morts,
Des vieillards à Laïs ont fait porter leurs corps.
Et la femme, dans l'âge où l'amour n'est qu'une herbe,
A, comme un épi mûr, été tassée en gerbe.
Ces blêmes moissonneurs n'ont laissé derrière eux

Que le crime, et Satan a glané tout joyeux.
Phryné, seins et bras nus, lascive quoique usée,
S'est jointe à ce troupeau de jeunesse blasée;

La bestialité détruisant tout amour,
De la nuit à l'œil sombre ils se sont fait un jour;
Et dans ce grand succès de la chair sur les âmes,
Dans cet accouplement d'impuretés infâmes
Il ne s'est procréé qu'un seul enfant : le Mal
Malingre, et cependant éternel et fatal.

Mais la satiété dans l'antre de la vie,
Est venue, un dégoût plus morne l'a suivie ;
Et les démons humains y traînent maintenant
Des anges égarés, qu'ils trompent froidement.
Regardez, dans leur ombre ils font des embuscades ?
Ces cadavres vivants ne se croient que malades :
Il leur faut des enfants, — serpents fascinateurs ! —
Qu'ils enlacent pour boire au vase de leurs cœurs.
Des femmes vont servir à réveiller leur fièvre,
Oiseaux sortis du nid à peine, et dont la lèvre
N'a pressé jusqu'ici qu'un front pur et des croix.
Déjà dans des replis ils étouffent leur voix;
La vertu se débat, puis faiblit... C'est la chûte
Fin ordinaire hélas ! de l'inégale lutte.

Les vainqueurs sans amour font alors un signal
Et la femme tombée entre au bouge infernal.

Mais comment en sort-elle ? — Hélas toujours infâme,
Rougissant de se voir au miroir de son âme :
Le Vice nuageux a pris tout son azur,
Et dans le pore éteint transfusé son sang pur.
Le Monde à pleines mains lui jette de la boue

L'Honneur à chaque pas lui soufflète la joue
Et lui dit, dédaigneux : reste dans le ruisseau;
Car tu pourrais salir mon habit toujours beau
Quoique vieux, ton contact suffit, je le redoute
Ne viens plus te jeter désormais sur ma route.
Je marche fier et seul. —

Et la victime alors
N'a plus que trois amis, qu'elle appelle : Remords,
Désespoir et Mépris, et qui lui font sans peine
De leurs mailles de fer une éternelle chaîne,
Chaîne que vient river le clou du Déshonneur.
Vampires, la pensée et le sang de son cœur
Ils prennent tout ; et vont après chercher dans l'ombre
Deux fantômes affreux : démarche lente, œil sombre,
Sourire satanique, air de chair affamé,
Couleur verte, chacun squelette épidermé.
Ces ombres, à les voir on devient tout livide,
L'un a nom : Suicide et l'autre : Infanticide.
Ils ont des bras d'acier ces prêtres de la mort,
Et pour leur résister Dieu seul est assez fort.
Comme l'oiseau, charmé par le serpent, tournoie
Et s'abat malgré lui, sentant qu'il devient proie,
Dans l'enfer, gueule ouverte, il faut tomber, en vain
La victime résiste au charme souverain ;
En vain, l'amour au cœur, l'oiseau dans l'air remonte
L'attraction d'en bas avec le seul mot : honte
Le force à redescendre. — Alors on prend l'enfant,
Fruit d'un amour honteux, maudit, déshonorant,
On le met dans son lange, et dit : c'est ton suaire,
Ne souris pas, démon ! Je ne suis pas ta mère,
Je suis bourreau, je suis plus : la Fatalité !
Couchons-nous tous les deux dans notre éternité,
En attendant celui qui fuit d'être ton père,

Le lâche qui nous tue, — et plus tard, ô colère !
A qui tu répondras : je te ronge le cœur,
Car la faim de ma haine attendait ce bonheur.
Souris au mal, mon ongle en ton corps nu s'enfonce,
Si tu criais : mon fils !... non ! serait ma réponse.
Je souffre... dans ma nuit je puis boire ton sang,
J'en ai soif, étranger ! souris au châtiment.
A qui je cracherai les lambeaux de mon âme
En disant à mon tour : j'ai honte d'un infâme,
Et ma joie éternelle est de le voir souffrir ;
Je suis bien près de lui, le pouvant mieux haïr.

Et joignant l'action à l'horrible parole,
— Amour, honte, regret ! — La jeune mère folle
Ferme les yeux pour mieux égorger son enfant
Lorsque vous paraissez, anges ! soudainement
Entre le bourreau faible et sa tendre victime,
Pour jeter tout d'abord le couteau dans l'abîme
Et pousser d'un regard les portes de l'enfer,
Puis pour montrer au Crime un ciel pur entr'ouvert
Et lui dire : il n'est rien que le remords n'expie ;
Nous venons baillonner le Désespoir impie.
On ne vous répond pas : sauver le corps c'est peu,
La tête est sur la terre et le tronc dans le feu
Mais vous le comprenez ; et de ces corps de femmes
Souillés, que vous lavez, il sort de belles âmes,
Dont la pure blancheur fait encor croire au ciel ;
Miracle le plus grand de l'amour maternel :
C'est déclouer du cœur la tombe, et dire aux cendres :
Levez-vous, et vivez, plus nobles et plus tendres. —
Ah ! devant cette tâche, hommes, que sommes-nous
Nous viles passions, nous méchants, nous jaloux ?
L'ombre de votre jour, voilà tout. La Patrie
En montre en tressaillant sa mamelle remplie ;

Et le Christ lance au flanc, pensée amère au cœur,
Clous aux mains, clous aux pieds, corps tout à la douleur;
Epines sur le front, vinaigre dans la bouche,
Crachats sur le visage, ayant sa croix pour couche,
Sourit, et sent couler dans ses pores meurtris,
Un baume qui le porte au pardon des maudits.
O puits de charité sans fond, comme Marie
Dans votre cristal pur se trouve réfléchie !
Comme Vincent de Paule, ému, là-haut s'endort
Heureux, à chaque enfant ramassé dans la mort !
Les anges descendraient sur notre triste globe
S'ils pouvaient, pour baiser seulement votre robe ;
Et ceux dont les haillons sont devenus drapeaux,
Les martyrs, en feraient votre lit de repos. —
Mission noble et sainte, et sans borne, et sublime,
Que c'est beau ! d'une main forte étrangler le Crime,
De l'autre relever l'Erreur ; rendre, ô Dieu grand !
A l'enfant une mère, à la mère un enfant.
Et toujours dans le chaud, dans le froid, dans le givre
De la Charité vraie épeler le grand livre;
Avoir la flamme pure, en tout temps, et partout
Lorsque sur elle il pleut l'eau froide du dégoût ;
Toujours dire au malheur : me voici, toujours prendre
La Faute sur le gouffre, et lui dire un mot tendre.
Quelle œuvre ! Ah! vous aimer, à vous voir c'est trop peu,
Beautés faites avec l'auréole de Dieu ;
Fronts purs, comme son œil qui vous voit dans nos fanges
Passer comme en Enfer passeraient les bons anges ;
S'ils pouvaient arracher des mains de Lucifer
L'Esprit qui s'est laissé conduire par la chair.

Femmes ! vous avez bien mérité votre hostie,
Approchez ? moi je reste, humble, en la sacristie,
A genoux, n'osant pas lever le front, de peur

Qu'un regard foudroyant ne me dise : ô pécheur !
Altéré de mon sang, que tu ne viens plus boire,
Tu ne saurais goûter au froment du ciboire.
Le monde en maculant ton cœur, a pris sa foi,
Lâche ! qui te sais faible, et tombes loin de moi.
Fuis ? Ma chair ne convient qu'à l'âme forte et pure
Qui marche au Golgotha sans haine, ni murmure ;
Et je prie, et je vais où le Malheur a faim,
Vous suivant où l'on souffre, et faisant quelque bien.
Ici-bas, comme il peut, chacun fait son aumône,
Je suis pauvre : je n'ai que des vers, je les donne.

NICHÉE DE PETITES FILLES.

Maîtresse, au cœur d'or,
De notre trésor
Gardienne,
Qui ne comptez pas
L'ennui, le tracas,
La peine.

Depuis ce matin
Tout ange mutin
Est sage :
C'est qu'il est jeudi,
Ouvrez aujourd'hui
La cage.

Ouvrez ? Les enfants
N'aiment pas longtemps
Leur geole.—
Pour jusqu'à demain
Le charmant essaim
S'envole.

Partez, mes oiseaux,
Allez ? les ruisseaux
Babillent,
Les buissons crochus
Et les arbres nus
S'habillent.

Mai sourit, courez,
Dansez dans les prés ;
La plaine

S'égaie avec vous,
Et de rayons doux
Est pleine.

L'oiseau curieux
Pour vous parler mieux
Se penche,
Et pour être vu
Choisit, tout ému,
Sa branche.

L'insecte amoureux
A vos plis soyeux
S'attache;
Le crapaud, jaloux,
Dans le fond des trous
S'en cache.

Dieu dans son jardin
Regarde, et veut bien
Qu'on glane,
Mais pas le bouton;
Voyez, la moisson
Se fane?

Ne prenez, mes Fleurs,
Que vos grandes sœurs
Dans l'herbe;
La faucheuse Mort
Vous mettrait d'abord
En gerbe.

Vous êtes, boutons
Cœurs sans passions
Encore,
Les roses de Dieu,

Et d'un jour de feu
L'aurore.

Vous êtes le lait
Que boit, satisfait,
Chaque ange;
Le vague Désir
Que ne peut saisir
La Fange.

Vous êtes de l'eau
Qui dort, cristal beau,
L'image :
On voit dans le fond,
Qui, — trouble et profond —
Suit l'âge.

L'âme, papillon,
Au premier vallon
Se pose;
Et dans ses amours,
Préfère toujours
La rose.

C'est pourquoi sur vous
La mienne, agneaux doux !
S'arrête,
Triste comme un chien,
Et peut-être bien
Plus bête.

LES BOSSES RENTRÉES.

— Je m'avançai. C'était un affreux gibbosite,

Une âme grimaçant dans un corps de thersite.
Le pauvre homme essayait de faire avec son dos
Une bosse à son ventre, en se tordant les os;
Et l'on croyait, à voir le sternum et la côte!,
Que c'était en rentrant l'omoplate trop haute.
Chacun jetait un sou, j'en jetai deux aussi,
Et l'homme, avec un rire amer, disait : merci !
Dans mes contorsions j'aime que l'on me voie
Puisque c'est du bonheur au peuple et de la joie;
Je vais recommencer. — Et le peuple : bravo ! —
On trouvait que c'était un spectacle nouveau,
Très-amusant, très-drôle et qui faisait bien rire.
Et moi, je me disais qu'il n'était rien de pire,
Que cet homme-douleur au lieu de bosse avait
Une croix, d'un poids lourd, que nul n'apercevait;
Et j'ajoutais : s'il est riche plus tard la foule
Le saluera; l'argent sera son nouveau moule :
C'est triste. Mais comment les hommes sont-ils faits
Que leur ennui demande ainsi des triboulets ?
La laideur après tout est un monstre. A sa vue
Hélas ! il est donc vrai, le peuple s'habitue;
Et dans ce siècle dur, imbécile et trompeur
Le rire n'est souvent qu'un masque à la douleur.

Alors je vous compris, ô grands gibbeux du monde !
Esope, Poquelin, Scarron : douleur profonde,
Vous penseurs, voyageant dans les âges, vous tous
Pélerins égarés, qui marchiez sur des clous;
Qui, crédules enfants, tombés d'un cœur de femme,
Vous étiez sur le sol fait une bosse à l'âme,
Et la faisiez rentrer dans votre œuvre en riant
Devant l'Humanité, qui s'en allait baillant,
Afin que chaque siècle, en sa juste consigne,
Laissât passer plus tard votre nom grand et digne.

LE CHANT DU CYGNE.

La nature entière
Crie, heureuse et fière :
Jouir !
Et dans moi, secrète,
La Douleur répète :
Mourir !

Beau ciel, lac limpide,
Mon miroir liquide
Adieu !
Entre vous je pleure ;
Je dois dans une heure
Voir Dieu.

Sur mon rocher triste,
Il m'a dit : artiste,
J'attends.
A lui, ma dernière
Ballade ou prière,
O vents !

En fermant le livre
Qu'on appelle : Vivre,
Je veux
Que ma voix plaintive
O maître ! t'arrive
Par eux.

Au bout du voyage
Je relis ma page,
Et c'est
Celle ou la mort signe,

Après quoi la ligne
Se tait. —

Après ma préface,
J'ai bu dans ta tasse
Amour !
J'ai, gloire enviée,
Eu dans ta durée
Mon jour.

Passion, Tendresse,
Qui versez l'ivresse
A tous ;
Bonheur fait de larmes
J'ai senti vos charmes
Si doux.

Volupté, qui souffres,
Qui ris sur des gouffres
Et mens ;
Qui fais l'ingénue
Pour te livrer nue
Aux sens ,

Je t'ai décoiffée,
Et dans tes bras, fée !
J'ai vu
Ton fard, corps sans âme,
Aussi beau qu'infâme
Tout nu !

J'ai connu la joie,
Le plaisir que noie
L'ennui,
Le désir extrême ; —
Et tout ce qu'on aime
M'a fui.

Je sais l'injustice,
L'étrange caprice
Du sort ;
Et, victime lasse,
Je crains ta grimace,
O Mort !

Car après la flamme
Qui consume l'âme,
Et meurt,
Le sentiment tendre
Reste sous la cendre
Du cœur.

Car la vie est belle,
Vieille, elle est nouvelle ;
D'ailleurs
Mai vient de renaître ;
La terre offre à l'être
Des fleurs.

Tout s'aime, s'enchaîne,
Le lierre, le chêne,
L'ormeau ;
Tout parle et s'attire,
Les yeux, le sourire
Plus beau.

La pensée et l'âme —
— Et la douce femme
Qui doit
Comme en une serre
Garder son parterre
Du froid,

Offre sa richesse

A l'homme-tendresse,
Qui rend
A sa bien-aimée
La fleur embaumée
Qu'il prend.

L'haleine se mêle;
Tout chante, tout bêle
Pour Dieu.
Grand concert terrestre!
Je tombe à l'orchestre;
Adieu.

La nature entière
Crie, heureuse et fière :
Jouir!
Et dans moi, secrète,
La Douleur répète :
Mourir!

RONDEAUX REDOUBLÉS.

Il s'en va, ce pauvre homme, en regardant la terre,
Il fixe et ne voit plus dans sa nuit de douleur.
Froissez ou consolez, il est comme une pierre :
Dans le cercueil d'un fils on a cloué son cœur.

Jeunesse, intelligence, esprit, force, douceur
Il avait tout, celui que regrette ce père :
Aussi depuis deux ans, sombre dans son malheur,
Il s'en va, ce pauvre homme, en regardant la terre.

On ne le trouve plus dans le grand cimetière
Et dans son œil en vain on cherche encore un pleur;
Lui-même tient sa coupe et veut la boire entière,
Il fixe et ne voit plus dans sa nuit de douleur.

Ses amis se sont dit : sans doute il est vainqueur
Du mal qui triomphait, plus fort que lui, naguère :
Car toujours insensible et calme en sa pâleur.
Froissez ou consolez, il est comme une pierre.

Insensés ! qui voyez comme voit le vulgaire,
Ne jugez pas cet homme à son air de froideur ;
Son corps a tant souffert, qu'il ne peut que se taire :
Dans le cercueil d'un fils on a cloué son cœur.

Quand l'espoir est éteint, il reste la Prière,
La Foi, la Mort qui font croire au pays meilleur ;
Dans leur immense porche où doit passer la terre,
Plaie ouverte qui fuit un pansement railleur,
Il s'en va, ce pauvre homme.

Où vas-tu Colombe, salie
Dans le bourbier des passions ?
— Laver ma pauvre âme flétrie
Aux fleuves des larmes profonds.

On t'a vu profaner les noms
Donnés à la femme ennoblie,
Partout t'attendent les affronts.
Où vas-tu Colombe salie ?

Tu n'es bonne que dans l'orgie
Pour faire pâmer les démons,
Reste, ange traître à ta patrie !
Dans le bourbier des passions.

Pitié ! toujours aux pieds des bons
Je veux mériter mon hostie,
Et des sueurs de tous les fronts
Laver ma pauvre âme flétrie.

Cilice aux reins, gorge meurtrie
A chaque croix des stations,
J'irai boire, âme inassouvie,
Aux fleuves des larmes profonds.

Viens à nous? Pour qui s'humilie
L'honneur a gardé des pardons.
Toute faute, en remords, s'expie;
Et jamais nous ne te dirons :
Où vas-tu.

SOURIRE DE MAI.

Voici Mai, figure émue,
Pour fêter sa bienvenue
Les grands peupliers ont mis
Leurs habits.

Les rossignols, les fauvettes,
Compositeurs et poètes,
Donnent déjà leurs morceaux
Les plus beaux.

L'homme chante, en sa manière,
Par vanité, par colère ;
Eux font pour l'art seulement
Chaque chant.

Tout ce qui sent, ce qui rêve,
Qui rampe, vole et s'élève
Se chauffe au soleil, grand feu
Fait par Dieu.

Le lézard, à sa fenêtre
Met le nez, pour reparaître

Sur le gazon, où s'étend
Chaque amant.

Heureux lézard sans envie,
Toi seul, en suçant la vie,
Sait extraire la douceur;
Nous, l'aigreur.

Pourquoi donc, pauvre imbécile !
Me fixer comme un zoïle ?
Me croierais-tu plus heureux
Que toi, gueux ?

A UN VIEILLARD.

Vous connaissez Cébès ? — Son tableau de la vie,
Page que deux mille ans n'ont pas encor vieillie,
Est un enseignement admirable : dessin,
Idée et couleur sont d'un profond Titien.

Dans un temple, élevé jadis en Béotie
A Saturne, un vieillard à la foule grossie
Montre les passions, mères du Mal, du Bien ,
Et plonge jusqu'au fond de l'océan humain.

L'homme aujourd'hui franchit le grand temple du monde,
Où sont des tableaux pleins d'une leçon profonde,
Sans daigner écouter la parole des vieux.

Dites-moi tout ? j'écoute. Avant que je ne parte
Voyageur, j'ai besoin qu'on m'explique ma carte
Pour ne pas m'embourber dans un terrain fangeux.

MIDI.

Quoi ! ma lyre
Lire
Du touchant ?...
Je préfère
Faire
Quelque chant.

Mais la foule
Foule
Des saphirs;
Sur quel mètre
Mettre
Mes soupirs ?

Quel emblème
Blême,
Expliquer ?
Quelle opale,
Pâle,
Fabriquer ?

Quand Pégase
Gaze
Poquelin
Et l'hébête,
Bête
Qui rit bien.

Au Parnasse :
Nasse
Et sommeil,
Polymnie
Nie
Le soleil.

Melpomène
Mène
Des pourceaux,
Et Thalie
Lie
Ses froids mots.

Musagète
Jette,
De dépit
Les fougueuses
Gueuses
Sur son lit.

L'Harmonie
Nie
Cet amour.
Dois-je taire,
Terre !
Un tel tour ?

Les infâmes
Femmes
Font, œil doux,
Des blessures
Sûres,
Taisons-nous. —

Le silence
Lance
Le sommeil,
Dans l'espace
Passe
Le soleil.

Herbe ou tremble
Tremble
A le voir ;
Tout, du reste,
Reste
Sans mouvoir.

Dans la ville
Vile
Seulement
On badine,
Dîne
En causant.

Que de salles
Sales,
Où le Mal
Sans cadence
Danse
Comme au bal.

— Ce bocage,
Cage,
Me sourit ;
Il m'enchante.
Chante
Mon esprit ?

Dans la plaine,
Pleine
D'arbres verts,
C'est merveille !
Veille
A tes vers ?

La bergère
Gère
Son troupeau,
Se prélasse,
Lasse
Près de l'eau.

L'hirondelle
D'elle
Vient songer ;
Et s'approche
Proche
Du berger.

Je remarque,
Marque
D'un cœur pris,
La charmante
Mante
De Cypris ;

Et m'amuse,
Muse !
A palper
Ta difforme
Forme
Sans créer.

Ton corsage,
Sage
Erato !
Se détache ;
Tâche
Au plus tôt.

De retendre
Tendre
Cœur païen !
Des ficelles

Celles
Qui font bien.

Je regarde...
Garde,
Par pudeur,
Tes breloques,
Loques,
Ton ampleur ?

Ta chemise,
Mise
A l'envers,
Ouf ! m'inspire
Pire
Que les vers

Que j'enfile ;
File ?
Je vais fuir :
On m'invite
Vite
A finir.

A E. PRUDENT.

Dieu choisit ici-bas tous ses instrumentistes
Pour se faire écouter des hommes ; ses artistes
Poètes, grands acteurs, musiciens, penseurs
Font vibrer à sa voix la corde de leurs cœurs.

A son orchestre assis, nous rendons tous nos notes,
Chacun dans son emploi, — tristes, basses ou hautes. —
Que son archet s'arrête, un silence se fait :
C'est le génie éteint du siècle, qui se tait.

Mais que le libretto sublime recommence,
Qu'on reprenne le chant, partition immense,
L'homme ne songe plus, que spectateur d'un jour,
Il passe comme un souffle : — il s'enivre d'amour.

Le grand maître se fait pour lui seul une gamme
Grande, qui peut monter d'ici-bas jusqu'au ciel ;
De son piano droit chaque touche est une âme
Vibrant joie ou douleur au concert éternel.

Artiste, en t'écoutant, ce soir je croyais être
Au concerto divin. Ton cœur est le clavier
Qui rend tous les soupirs que les doigts du grand maître
Font sortir, quand il veut se montrer tout entier.

JULIA.

Le ciel quitte son voile,
L'étoile
Qui scintillait, s'enfuit,
Le jour naît de la nuit.

C'est l'heure où chaque fille
S'habille
Pour coudre bavolets,
Robes ou mantelets.

Les ouvrières sages
En cages
Chantent, pauvres oiseaux,
Les doigts dans les ciseaux.

Et seule la grisette,
Qu'on guette,
Oublie en son chemin
Aiguille et magasin.

On la voit dans la rue,
Emue
Comme au grand bal d'hier.
Regardez donc, quel air?

Le muguet qui l'escorte
Lui porte

Son petit attirail :
La boîte de travail.—

J'ai beau fermer ma chambre,
Décembre
Avec son souffle froid
Se fait sentir chez moi.

Demi-mort je me trouve,
Et j'ouvre
Mes vitres cependant,
Que soufflète le vent.

Est-ce pour voir la glace
Qu'on casse,
Ou l'écolier, moutard
Qui se met en retard?

Est-ce pour voir les têtes
Si bêtes
Des bourgeois, des rentiers,
Ou de leurs laids portiers?

Pour voir les chiffonnières,
Moins fières
A présent que jadis,
Rentrer dans leur taudis?

Pour entendre la foule,
Qui coule,
Crier à pleins poumons :
Fruits! légumes! galons!

Non, c'est pour voir Julie,
J'oublie
Le froid à ce bonheur,
Soit du corps, soit du cœur.

C'est qu'elle est si gentille
La fille
Que mes yeux tous les jours
Suivent dans les détours !

Voyez-la le dimanche :
Peau blanche,
Cheveux noirs, retombant
Sur cet ivoire vivant,

Dans notre pauvre église
Assise,
Priant pour le malheur :
Douce aumône du cœur.

Lorsque une maigre dame,
A l'âme
Etroite et laide à voir,
Couvre tout le trottoir;

Elle entre à toute porte,
De sorte
Que regards, ni volants
Ne s'accrochent aux gens.

Les galants ont beau faire
Pour plaire
A cet ange, son œil
Leur refuse un accueil,

Elle aime Henri, qui l'aime
De même,
Et n'aimera que lui,
Demain comme aujourd'hui.

Voilà pourquoi, qu'il gèle,
La belle

Me fait pour un moment
Ouvrir mon contrevent.

J'attrape, en ma coutume,
Un rhume
Sans pour cela cesser
De la voir passer.

Pourvu que ma pauvre âme
De flamme,
A ma croisée un jour,
N'aille mourir d'amour.

A L'AIGLE.

O France! chaque fois
Que je songe à ta gloire ou que je lis ta honte,
Tout le sang de mon cœur à mon front pâle monte.
Je pleure tes revers; à compter tes exploits
Ma pensée est plus prompte.

Quand l'aigle, pris au sol,
Pour la première fois montre son envergure,
Je le suis en tremblant : car son aile est peu sûre,
Et le plomb ennemi peut à Sébastopol
Lui faire une blessure.

Mais quand sur le granit
Je l'aperçois, posant déjà sa forte serre,
Je bats des mains; mon cœur, qui parfois se resserre,
S'ouvre à la joie, et c'est d'orgueil qu'il se remplit.
— Jeune aigle téméraire,

Celui qui te couva,
Le grand Aigle-Austerlitz s'il plana sur le monde;
Si les peuples, les rois et l'adresse profonde
Frémirent à l'essor que son œil creux rêva,
S'il vainquit, toi, féconde?

Son bec de diamant
Broyait l'or et le fer, l'épée et la couronne;
Las, pour se reposer il fondait sa colonne;
Et, quand il lui plaisait, il allait se posant
Sur n'importe quel trône.

Pour nous faire un linceul
Il prenait les drapeaux de l'Europe; et l'armée
Se couchait dans la gloire, et lui dans la nuée
Montait pour s'expliquer à Dieu. C'est par lui seul
Qu'il eut l'aile cassée.

Toi, ne l'imite pas,
Monte, mais pour descendre, et regarde la terre :
Il est grand de fixer de là-haut la lumière,
Mais il est beau de voir l'humanité d'en-bas,
L'humanité, ta mère.

A la vitre du ciel
Va te poser? tu peux lire, en sa transparence,
Le poème profond qui convient à la France,
Et qui, grand traducteur, peut te rendre immortel :
Car c'est une œuvre immense.

L'art et la liberté
Sont les chants les plus beaux, aigle ! de l'Epopée;
Rêve, calme sur eux. — Que l'Europe, occupée
A regarder sa force et notre dignité,
Reprenne son épée,

Toujours au premier rang,
La Patrie, oubliant une blessure ancienne,
Des tronçons de son sabre a refondu la sienne
Sur le sable africain, qu'elle a trempé du sang
De sa plus pure veine;

Nous nous lèverons tous;
Et des fusils, ravis aux hordes étrangères,
Nous planterons, vainqueurs, une haie aux frontières
Haute, et qui saura bien défendre à l'œil jaloux
De convoiter nos terres.

O France! chaque fois
Que je songe à ta gloire ou que je lis ta honte,
Tout le sang de mon cœur à mon front pâle monte.
Je pleure tes revers; à compter tes exploits
Ma pensée est plus prompte.

LES MASQUES.

On est fin ou maladroit,
Droit
Ou tortu, suivant la voile :
Chacun, fixant le moment,
Ment
Et le visage se voile.

Je fuis Henri, que j'aimais,
Mais
Je pense, dit la grisette,
A son successeur Oscar :
Car
L'un est pauvre, et l'autre achète.

On souffle sur le flambeau,
Beau,
Tout en vantant la lumière ;
Et plus d'un flatteur civil,
Vil,
Vendrait l'aigle à la tanière.

Le journaliste, écrivain
Vain
Ecrit contre ce qu'il pense ;
Il se parjure, et souvent
Vend
Sa plume à la circonstance.

Que d'esprits lourds, d'envieux ,
Vieux
Ou jeunes dans l'impuissance,
Désirent que le talent
Lent
Succombe avant la croissance.

Des chrétiens pleins de défauts,
Faux,
Jettent leur boue au Mérite,
Et lui dressent un carcan
Quand
Il se meurt sans réussite.

L'un enfonce son bonnet
Net
Devant le malheur, qui passe,
L'autre, quand son Dieu périt
Rit
Et lui bave sur la face.

Celui-ci livre au vainqueur
Cœur,
Esprit, corps pour une somme ;
Celui-là montre partout
Tout
Ce qui peut corrompre l'homme.

Le monde est rempli d'ingrats,
Gras,
Quand leurs bienfaiteurs maigrissent.
Qu'un grand tombe, ces valets
Laids
Qui le flattaient, le maudissent.

Le Ciel à son tour maudit,
Dit
Un noble esprit inhabile,
Celui qui d'un cœur parfait
Fait
Une marchandise vile.

Que ne met-on au poteau
Tôt
Ces renégats de tout culte?
Que ne fait-on au trompeur
Peur
En frappant, lorsqu'il insulte ?

Poète, aux vallons fleuris
Ris,
Dors, pour reprendre la tâche?
Aux branches quelque serpent
Pend
Te mord dans l'herbe, et s'y cache.

A J. G. MAROT.

Si du Bien ou du Mal nous sommes la copie,
La nature est la pierre, où Dieu lithographie ;
Le Temps, son ouvrier, fatigue le rouleau
A tirer des portraits, soit en laid soit en beau.

Plus il travaille, hélas ! plus la copie est pâle
Et plus la Passion la macule des doigts ;
L'eau blanchit tous les jours l'encre de la morale,
Et Dieu se fait encor plus sévère en son choix.

Que d'épreuves il voit sans pouvoir reconnaître
Son dessin ! Qu'il en jette à l'enfer tout béant !
Pauvres feuilles, qu'il souffle, et qui font en tombant
Ricaner les démons et leur sombre grand-prêtre.

Quand j'y songe j'ai peur, la nuit descend en moi.

Un jour je regardais, pensif, le grand tirage ;
Une épreuve sortit, du Bien modeste image,
J'y pus admirer Dieu : — Jeune homme, c'était toi.

BUSTE D'ENFANT.

Critique ! un tableau tout frais de famille :
Le père est debout, ivre de bonheur,
Ça ! dit-il, marmot, qu'on te déshabille
Et te mette au lit, mon petit dormeur ?
Puis sur ses genoux la charmante mère
Place avec amour l'enfant, qui sourit ;

Lui défait sa robe, et joyeuse dit :
Ah ! que c'est gentil de me laisser faire.

Au foyer nouveau d'aimables époux
Quand le cœur est las, s'asseoir est bien doux.

Le blond chérubin près du feu, qui flambe,
N'est pas tout-à-fait nu comme un Saint-Jean,
Il a sa chemise. — Avance la jambe,
Mon petit chéri, pour plaire à maman ?
Ton épaule est là, nue et grassouillette ;
Et ce satin blanc rougit au baiser
Que ma lèvre heureuse aime à déposer.
Embrasse à ton tour, et fais la risette ?

Au foyer nouveau d'aimables époux
Quand le cœur est las, s'asseoir est bien doux.

Cet ange bouffi, comme en fit Corrège,
A des cheveux d'or et des yeux d'azur ;
Le rosé des chairs se fond dans leur neige ;
C'est le coloris de Dieu le plus pur.
Son regard traduit son âme innocente,
Page blanche encore, où la Passion
Ecrira plus tard son noir feuilleton ;
Et que Dieu remplit durant cette attente.

Au foyer nouveau d'aimables époux
Quand le cœur est las, s'asseoir est bien doux.

Do, do, le petit ferme la paupière,
Mais il ne dort point ; et de temps en temps
De son berceau l'ouvre, et regarde faire
Devant le foyer ses heureux parents.

Ah ! le curieux. — Tous deux ils s'embrassent ;
A chaque caresse il rit à son tour.
Il est du mystère, et sent leur amour :
Son cœur applaudit et veut qu'ils s'enlacent.

Au foyer nouveau d'aimables époux
Quand le cœur est las, s'asseoir est bien doux.

PAR LA SERRURE.

Oh ! la vilaine figure.
Qu'entrevois-je au trou de cette serrure?
C'est un juif, au nez rendant de l'impur :
Vieux crâne pelé, bouche d'un quart d'aune ;
Pommette de roc et menton de faune,
L'épiderme aussi gercé qu'un vieux mur.
Pourra-t-il, perclus, quitter cette chaise?
Non. — Si : son œil mort se transforme en braise ;
Voilà qu'il se lève et s'avance... Dieu !
Près de ce glaçon j'aperçois du feu.

Oh ! la gentille figure.
C'est une fillette à timide allure :
Tendre et pur oiseau, seize à dix-sept ans.
Le gant n'habilla jamais ses mains blanches ;
Un simple jupon accuse ses hanches.
Bandeaux plats, au lieu de bandeaux bouffants.
Dieu seul a donné la forme à ce marbre,
Pur comme Ève, avant de toucher à l'arbre.
Pourquoi la colombe, en ce triste trou,
Rend-elle aujourd'hui visite au hibou ?

Oh ! la vilaine figure.
Ecoutons : — Monsieur, plus de procédure!
Nous mourons de faim, comment vous payer ?
Il fait froid, l'hiver, cette année, est rude.
— D'attendre je n'eus jamais l'habitude,
Pourtant je vous tiens quitte du loyer.
— Ah merci! monsieur, je vais à ma mère
Le dire à l'instant. — Arrêtez, ma chère,
Je veux tout-à-fait être généreux. —
Il l'enlace dans ses bras de faucheux.

Oh ! la gentille figure.
Laissez-moi... Mais lui, sur sa lèvre pure,
Pour réponse applique un baiser lascif;
L'enfant se dégage, et faisant la moue,
Un carmin subit colore sa joue. —
Ouvrant son comptoir, ce barbon de juif
Prend quatre louis... A l'offre insultante,
Le mépris répond et, toute tremblante,
La petite fuit. Le bouc enflammé
Court vite au verrou : l'ange est enfermé.

Oh ! la vilaine figure.
Il se jette alors sur ma créature
Qu'il étreint plus fort dans ses maigres bras;
La vierge se tord, et crie... Impuissante,
Elle va céder : dans sa lutte ardente
Le monstre n'a plus à faire qu'un pas ; —
Mais moi, qui vois tout, je frappe à la porte;
Le vieux vient m'ouvrir, l'âme à demi-morte.

C'est ainsi qu'une fois je sauvai par bonheur
Ce qu'on ne perd pas deux. Vous savez quoi? L'honneur.

RAYON DE SOLEIL.

Moi qui ne suis ni maussade,
Ni malade,
J'ai succombé sous l'ennui
Aujourd'hui.

Cette longue matinée
S'est passée
A regarder tristement
Le présent.

En fouillant, d'un air stupide,
Mon cœur vide
J'ai dit : suis-je indifférent
Ou méchant ?

Pourtant un rien me stimule ;
La pendule
Aura perdu quelque écrou,
Voilà tout.

A cette heure de tristesse,
Ma jeunesse
N'aura pu d'émotion
Rendre un son.

C'est qu'aussi, lorsqu'à mesure
La tenture
Du ciel gai se rembrunit,
Tout languit.

Trop débile pour sa chaîne,
L'âme humaine
Regarde de sa prison
L'horizon.

Son atmosphère lui pèse ;
Mal à l'aise,
Elle essaie en vain son vol,
Prise au sol.

On dirait, qu'en sa colère,
De la terre
Dieu détourne aussi ses yeux
Grands et bleus;

Ou qu'il masque son visage
D'un nuage
Et prend le deuil du tombeau,
Lui si beau !

Pour mieux répandre, sans doute,
Goutte à goutte,
Tous ses pleurs, craignant, ému,
D'être vu.

Mais pendant qu'il se dérobe
A ce globe,
Voici sortir du sommeil
Le soleil.

Ce dormeur, dont la toilette
Est tôt faite,
Ne commence qu'à midi
Son lundi.

Regardez, comme il déchire
D'un sourire
Les chiffons, tachant l'azur
Du ciel pur.

Tout s'en ressent : chaque rue
A sa crue,
Où des flots d'hommes s'en vont,
Joie au front.

La mienne, qui fut déserte,
Corps inerte,
Remue un corps plus vivant
De serpent.

C'est là, qu'on sent qu'on existe,
Que seul triste,
J'ai l'air d'un pauvre animal
Dans un bal.

Pourquoi donc être, sans cause,
Si morose ?
Moi-même, il est bien certain,
N'en sais rien.

Mais dans l'eau de cette foule,
Qui s'écoule,
Chaque goutte : individu
Qu'ai-je vu ?

Une paillette qui brille :
Jeune fille
Mêlée au sable nouveau
Du ruisseau.

Démarche et tête de vierge,
La concierge
Est aujourd'hui de son cœur
La pudeur.

Puisses-tu ne pas, — cher être ! —
Disparaître
Sous le noir limon humain
De demain.

Dans l'église de mon âme
Tendre femme !
Je t'ai dressé comme au ciel
Un autel.

Je t'y contemple en extase,
Et m'embrase
De tout ce que l'homme à Dieu
Prend de feu.

Et si dans l'épaisse tourbe
Je m'embourbe,
Je m'épure à cet amour
Chaque jour.

En moi je sens qu'il est fête,
Quand j'arrête
Mon œil bleu sur ton œil noir,
Doux à voir.

Mal de mon cœur ! je t'oublie ;
De la vie
Je reprends d'un pas certain
Le chemin.

LE VOYAGEUR.

A MON AMI JULES BEAUFAYS.

La vie est un désert, et l'homme un voyageur ;
On marche esprit et boue à la mort. Le penseur
Las au tiers du chemin, s'assied sur une pierre,
La tête dans sa main, triste, il voit la matière
Qui passe dans sa joie, heureuse et sans avoir
Le regret, le dégoût, et le souci du soir ;
N'ayant ni soif, ni faim d'idéal dans la course,
Buvant le limoneux de la terrestre source.
Et s'arrêtant sous l'arbre ombreux des passions
Sans connaître de dieux que ses sensations.
— OEil creux, toujours fixé dans le grand puits du Doute,
Il rêve, il pense, il parle à tous, et Dieu l'écoute
Sans lui répondre ; il sent dans sa prison de chair
Son cœur captif, gêné, qui lutte et manque d'air.
Son guide, la Pensée, infidèle ou fidèle,
Le pousse dans l'espace et lui prête son aile.
Monter, lui dit-il bas, c'est s'approcher du ciel,
Montons en regardant fixement le soleil ;
Tous les crapauds d'en-bas en riront, c'est la règle :
Les canards ont le droit de se moquer de l'aigle.
Mais s'il est rassurant de ramper sur le sol,
Le corps est pour la marche et l'âme pour le vol.
Volons ? car se cogner le front au noir nuage
C'est du livre divin déchirer quelque page
Pour l'apporter à l'homme, et concourir un peu
A l'explication du grand roman de Dieu,
Roman que, dans sa nuit, doit tout lire la terre,

Et dont chaque chapitre est un profond mystère.
Tout penseur tôt ou tard, Icare ou Phaëton,
Retombe, et disloqué reprend l'humain bâton ;
Mais au sable terrestre, où s'imprime sa trace,
Il se rappelle encor qu'il est fait pour l'espace ;
Et c'est avec des pleurs qu'il compte alors ses pas :
Car la fatigue est lourde à l'esprit ici-bas.

Moi qui, sans savoir où, vais comme le nuage
Penseur, à qui l'on dit bien rarement : Courage,
Courage, mot si doux, quand l'idée est avec !
Eau qui vient dans le lit du ruisseau, presque à sec,
Murmurer plus d'amour que la haine n'en chasse,
Fraîcheur qui donne assez de force à l'âme lasse
Pour franchir le champ libre où Dieu dit de passer,
Pour fuir la mare où l'on ne fait que croasser,
Pour voir à ses talons les serpents et les brutes
Sans trembler, pour rêver près des mesquines luttes ;
J'ai marché sur mon sable, ayant faim d'amitié
Et d'amour ; et mon cœur, qui se prend de pitié,
A trouvé des serpents en cherchant des colombes,
Et des vivants, plus morts que ceux des catacombes.
Ma soif a rencontré des arbres aux fruits mûrs,
Dorés, et qui semblaient faits pour des baisers purs ;
Ma bouche, sentiment, croyant devoir les prendre,
Sous leur peau jaune et belle a trouvé de la cendre.
L'or cachait la poussière, et mes illusions
Hélas ! ont eu parfois de ces déceptions.
Mais nous en avons tous, cœurs simples, notre vue
Prend le noir pour le blanc, nous avons la berlue
Plus ou moins, voilà tout ; — et les hommes au fond
Paraissent plus méchants, je crois, qu'ils ne le sont.
C'est de l'or et du cuivre, et l'affection vraie
Se cache très-souvent sous la fausse monnaie,

Dans le grand tronc, placé sous le porche du Temps.
Nous jetons tous nos cœurs, bons ou mauvais passants
Pour que Dieu plus tard compte et fasse le triage.

Tous deux de billion et d'or simple alliage,
Le bon chez nous, ami, domine le mauvais.
Pensée et sentiment et chair très-imparfaits,
Nous valons encor mieux que la foule qui passe :
La Foule n'a qu'un dieu, l'Egoïsme en cuirasse ;
Nous avons l'amitié sincère, nous croyons
Au Bien ; et l'idéal est l'air de nos poumons.
L'œil de nos cœurs qui lit l'existence, poème
S'arrête aux mêmes chants et les trouve de même.
Sur le brick de la vie embarqués tous les deux,
A trois ans de distance, et mêlés parmi ceux
Qui, muets, sont entiers à leur idée unique,
Nous avons échangé le vrai mot sympathique. —
Et des choses qu'on cherche, et qu'on n'a qu'à demi,
Pour croire au bonheur : femme, indépendance, ami
Nous avons la dernière ; — et moi, plus fort, j'espère
Que les autres viendront. Le grand juste, mon père,
Les donne à tout enfant digne, avant que la Mort
Ne vienne l'avertir que le brick touche au port.

AU MÊME.

Il est parti, n'ayant mis qu'un pied sur nos branches,
Nos chemins auraient pu salir ses ailes blanches.
Il n'a pas voulu vivre, ange, où l'on vit trop peu
Pour aller respirer l'air que respire Dieu.

C'était un blond enfant, qu'on voyait les dimanches
Prier près de sa mère, œil limpide, cœur nu :
—Son nom ?—Qu'importe ? ami, tu ne l'as pas connu,
Il est parti, n'ayant mis qu'un pied sur nos branches.

La mort cueille pour Dieu la rose et le bouton,
Les hommes, les enfants, la femme et les pervenches ;
Ne la blâmons donc pas d'avoir pris l'ange blond :
Nos chemins auraient pu salir ses ailes blanches.

Il n'a pas voulu vivre, ange, où l'on vit trop peu,
Ce penser-là soutient sa mère, qui succombe
Et demande à son tour de passer par la tombe
Pour aller respirer l'air que respire Dieu.

AUX PRÉTENDUS ARTISTES.

Deux notes, c'est la vie : Aimer, souffrir. Toute âme
Ne tire pas parti d'une aussi courte gamme ;
Et celui qui répand sa pensée ou sa voix
Sur la foule, au cœur grave et perçant à la fois,
Sur la foule, clavier qu'il accorde, et qui vibre
Suivant que son cœur touche ou plus ou moins la fibre,
Celui-là c'est l'artiste ; — Et peu le sont. Il faut
Prouver la chose avant de crier le mot haut.
O modestie ! au moins demande à ces grands hommes
Si l'art est d'émouvoir ou d'empocher des sommes ?
Et si, sur leur échasse, ils peuvent, passions,
Suspendre notre souffle à leurs émotions.

RÉPONSE

AU SONNET DE LOUIS AUDIAT : *Courage.*

Qui cherche à dégager l'âme, captive saine,
De la chair, voit son œuvre hélas ! de dégoûts pleine :
C'est le bien sous le mal, le blé sous le chardon ;
Le grand défrichement pour la grande moisson.

Je saigne et pleure, oh oui ! tu l'as dit ; mais j'écoute
Calme. Mon ennemi, le plus grand, c'est le Doute.
Merci ! pour ces doux mots ; ils tombent sur mon cœur,
Et réveillent la foi, la foi qui rend vainqueur.

INVOCATION.

O grand rayon tombant sur l'humaine misère !
Main qui s'ouvre toujours, Marie ! ô vierge ! ô mère !
Cœur transpercé qui saigne éternel ici-bas ;
Le serpent écrasé, revit ; le Monde est las.
Viens à nous ? égarés, haletants dans la route,
Nous marchons sans éclair dans les ombres du doute :
Notre sable a tout bu le sang de l'Homme-Dieu,
Et le mirage ment à notre soif de feu.

Viens à nous ? tes pleurs sont la rosée attendue.
Des langes du sépulcre habille la Foi nue,
Rebaptise le monde, et rive tous les cœurs
A toutes tes amours, à toutes tes douleurs ;
Retrace des sentiers où l'homme à son tour puisse
Porter une croix neuve, et refonds le calice.
De chardons le Calvaire est à présent semé,
Et le Ciel, que ton Fils ouvrit, s'est refermé.

Sois notre azur, Marie ! et parle à tous, ô Reine !
Au faible, au fort, au riche afin que l'on comprenne
Ceux qui s'en vont saignant, ceux qui s'en vont pleurant :
Le Roseau que l'on brise, et la Fleur qui se vend.
Parle ? que la vertu soit une chose insigne,
Que le riche soit bon, que le pauvre soit digne,
Que l'homme aime mieux l'homme et que notre pudeur
Au Mensonge, fripier, jette un masque trompeur.

Parle? afin que la mort soit une chose douce,
Que l'éponge ait du miel, et que ceux qu'on repousse
Dans le même cénacle aient le même froment,
Que les âmes soient sœurs et que Dieu soit clément.

Si tu ne nous fuis pas, nous te ferons un trône
Avec l'or le plus pur, ô Vierge ! de nos cœurs ;
Et la France prendra pour tresser ta couronne
Dans son parterre humain les plus suaves fleurs.

A MA MUSE.

Muse ! encore un baiser, ô ma consolatrice ?
Je tiendrai ma promesse, et ne lécherai pas
La richesse, l'orgueil, l'influence, le vice,
La critique ou les sots, comme les rimeurs plats.
Ce sont ces nullités qui font que les poètes,
Nés de la terre et Dieu, couple à l'amour divin,
Sont réduits pour manger à ramasser les miettes
Qui tombent par hazard du terrestre festin.

ERRATA. — Page 14, vers 8, lisez : DESTRUCTRICE. — Page 18, vers 16, lisez : QUE LA MOUSSE REVET.

Angoulême, Impr. ARDANT JEUNE, place Marengo, 33.

DU MÊME AUTEUR :

Molière en ménage, *comédie en un acte — Première représentation le 11 novembre 1855*

Une nuit d'Hég. Moreau, *scène dramatique. — Première représentation le 1er janvier 1856*

La dernière larme du Tintoret, *sc. dram.*

Poésie *de 15 à 21 ans.*

Artiste et renégat, *comédie en cinq actes. — Première représentation le 16 juillet 1857*

Fragments.

www.ingramcontent.com/pod-product-compliance
Ingram Content Group UK Ltd.
Pitfield, Milton Keynes, MK11 3LW, UK
UKHW022118260726
13993UKWH00003B/1102